Kim Lapointe

la courte échelle

W9-ANO-725

Les éditions de la courte échelle inc.

Chrystine Brouillet

Née en 1958, à Québec, Chrystine Brouillet habite maintenant Montréal et Paris. Elle publie un premier roman en 1982, pour lequel elle reçoit le prix Robert-Cliche.

Chrystine Brouillet est l'un des rares auteurs québécois à faire du roman policier. Elle a d'ailleurs mis en scène un personnage de détective féminin, Maud Graham, que l'on retrouve, entre autres, dans *Le Collectionneur*. Elle a également écrit une saga historique franco-québécoise en trois tomes, *Marie LaFlamme*, *Nouvelle-France* et *La Renarde*.

En 1985, elle reçoit le prix Alvine-Bélisle qui couronne le meilleur livre jeunesse de l'année pour *Le complot*. En 1991, elle obtient le prix des Clubs de la Livromanie pour *Un jeu dangereux* et, en 1992, elle gagne le prix des Clubs de la Livromagie pour *Le vol du siècle*. En 1993 et 1994, elle remporte le prix du Signet d'Or, catégorie auteur jeunesse, où, par vote populaire, les jeunes l'ont désignée comme leur auteur préféré. Certains de ses romans sont traduits en chinois, en italien et en arabe. *Secrets d'Afrique* est le seizième roman pour les jeunes qu'elle publie à la courte échelle.

Nathalie Gagnon

Nathalie Gagnon est née à Québec en 1964. Elle a fait des études en musique et en illustration à l'Université Laval, à Québec. Elle enseigne le piano depuis une dizaine d'années. Elle a aussi participé à des expositions d'illustrations.

Elle adore lire, faire du sport et se promener dans la nature, mais elle a une affection toute particulière pour son chat Merlin.

Secrets d'Afrique est le cinquième roman qu'elle illustre à la courte échelle.

De la même auteure, à la courte échelle

Collection Roman Jeunesse
Le complot
Le caméléon
La montagne Noire
Le Corbeau
Le vol du siècle
Les pirates
Mystères de Chine
Pas d'orchidées pour Miss Andréa!
Les chevaux enchantés
La veuve noire

Collection Roman+
Un jeu dangereux
Une plage trop chaude
Une nuit très longue
Un rendez-vous troublant
Un crime audacieux

Chrystine Brouillet

SECRETS D'AFRIQUE

Illustrations
de Nathalie Gagnon

la courte échelle
Les éditions de la courte échelle inc.

Les éditions de la courte échelle inc.
5243, boul. Saint-Laurent
Montréal (Québec) H2T 1S4

Conception graphique:
Derome design inc.

Révision des textes:
Lise Duquette

Dépôt légal, 1er trimestre 1996
Bibliothèque nationale du Québec

Données de catalogage avant publication (Canada)

Brouillet, Chrystine

   Secrets d'Afrique

   (Roman Jeunesse; RJ56)

   ISBN 2-89021-248-3

   I. Gagnon, Nathalie. II. Titre. III. Collection.

PS8553.R6846S425   1996   jC843'.54   C95-940996-3
PS9553.R6846S425   1996
PZ23.B76Se   1996

Chapitre I
Un cadeau d'Afrique

Sherlock a jappé en voyant le crocodile. Hermine, la chatte de mon ami Arthur, a grondé, craché et s'est cachée sous un canapé.

— Mais ce crocodile en bois n'est pas plus gros que toi, Hermine! a lancé Arthur en rigolant.

— Sherlock n'a pas l'air de l'aimer non plus! ai-je observé. Il retrousse les babines et montre ses crocs. C'est rare qu'il se fâche ainsi!

J'ai flatté mon chien qui s'est un peu calmé et j'ai examiné la sculpture africaine qu'Arthur et son père venaient d'acheter. Ils voulaient l'offrir à Marie-Hélène, la marraine d'Arthur. C'était son anniversaire et on l'attendait pour la fêter.

— Elle ne devrait pas tarder, a indiqué Arthur. Alors, Andréa, crois-tu qu'elle va aimer son cadeau?

— Sûrement! Où l'as-tu trouvé?

— Dans une boutique extraordinaire! J'y ai vu des girafes plus grandes que moi. Elles touchent presque au plafond. Il y a aussi des tortues en bois, des éléphants. Si j'étais riche, j'achèterais tout le magasin! Et Blaise raconte des tas d'histoires passionnantes.

— Blaise?

— Le propriétaire de la boutique. Il est Africain et a beaucoup voyagé. Il est né au Cameroun, mais il vit ici depuis quinze ans.

— J'aimerais bien le rencontrer, ai-je fait.

— On pourrait aller le voir demain, a suggéré Arthur.

La sonnette a retenti. Marie-Hélène est entrée en riant.

— Je suis un peu en avance, mais...

Elle a vu le crocodile et s'est exclamée:

— Il est superbe! Où avez-vous fait cette trouvaille?

Marie-Hélène est très grande, avec une bouche bien dessinée et des yeux bleus. Elle a tendu les bras vers Arthur. Ses poignets étaient chargés de bracelets. C'était très joli. J'aimerais bien en avoir autant. Marie-Hélène a embrassé Arthur sur les deux joues et lui a dit qu'il avait encore grandi. Puis, elle a regardé de nouveau la sculpture.

— C'est une pièce magnifique!

Arthur était content que ça lui plaise:

— On voulait l'emballer, mais puisque tu l'as vue... C'est ton cadeau d'anniversaire!

— Pour moi? Ah!

Marie-Hélène avait l'air étonnée.

— C'est trop beau! Vous êtes fous!

M. Lancelot a regardé sa soeur en souriant.

— On sait combien tu aimes l'art africain! Arthur n'a pas pu résister au crocodile. Le propriétaire de la boutique venait tout juste de le recevoir.

— Oui, il se trouvait encore dans sa boîte. Il est en ébène.

— Comme il est beau! Il semble vivant! a dit Marie-Hélène en caressant le dos du crocodile. Je serai triste de m'en séparer demain.

— Tu repars encore? a demandé la mère d'Arthur.

— Eh oui, à Toronto! Mais seulement une semaine. Pour participer à un congrès sur la lutte internationale contre le trafic de la drogue. On y donnera aussi de l'information sur une nouvelle sorte de drogue.

Mme Lancelot a pincé les lèvres:

— Il y en a déjà beaucoup trop!

— Laquelle? a demandé Thomas, le frère d'Arthur.

— Une drogue d'une puissance terrible! Au congrès, j'aurai l'occasion de rencontrer des chimistes, des médecins, des travailleurs sociaux et des policiers qui travaillent à New York. C'est aux États-Unis qu'on a découvert le *snake*.

— Le *snake*?

— Ça signifie serpent en anglais. Ceux qui prennent cette drogue ont des problèmes respiratoires. Ils émettent une sorte de sifflement, comme les serpents. Mais ils s'en moquent. Dès leur première prise, ils sont dépendants. Ils se sentent invincibles et ils ont des hallucinations. Ce sera un congrès intéressant, mais fatigant... Tu prendras bien soin de mon crocodile, Arthur!

— Je ne m'en séparerai pas, a juré Arthur.

— Tu es un amour! a fait Marie-Hélène.

Mme Lancelot nous a conviés à table. On a parlé de voyages. Marie-Hélène est une véritable globe-trotter. Elle est avocate, spécialisée en droit international, et n'est presque jamais chez elle.

Après le repas, Marie-Hélène est repartie rapidement, car elle devait se coucher tôt.

— Je reprendrai mon crocodile à mon retour. Je me rends directement à l'aéroport. Comme mon avion part à l'aube, je vais dormir à l'hôtel.

Arthur avait l'air content de garder le crocodile chez lui quelques jours.

— Je vais l'appeler César. Hermine ne sera pas contente, mais elle s'habituera!

Je n'en étais pas si sûre. Sherlock, lui, n'avait pas cessé de surveiller le crocodile depuis notre arrivée chez les Lancelot. On aurait dit qu'il voulait le tuer!

Marie-Hélène m'a reconduite chez moi. J'ai parlé de la sculpture à maman.

— Ce crocodile vient peut-être du Sénégal. J'en ai vu quand je suis allée là-bas avec ton père.

— Et si on regardait les photos de votre voyage?

Maman est allée chercher une grosse boîte et on a fouillé dedans ensemble. Nous y avons trouvé un album de photos.

— Regarde! On commençait à voir que j'étais enceinte de toi. Le soleil était bon. Et les Sénégalais sont si gentils. Ils travaillent le bois avec beaucoup de talent.

— Tiens, un crocodile! Il a l'air vrai tellement il est bien sculpté! Vous auriez dû m'en rapporter un.

— Tu n'étais pas encore née, Andréa-Maria! a rétorqué maman. Oh! voici ton père avec son casque colonial. Un homme

lui expliquait ce que représentaient les animaux dans la culture africaine.

Maman a fait une petite pause avant de
poursuivre:

— Pour certains peuples, le serpent est

un dieu arc-en-ciel, un fétiche qu'implorent les Guinéens quand il y a la sécheresse ou trop de pluies. Selon les pays, il porte divers noms: *Da, Oshumare, Nommo*. Mais il est très important pour tous les Africains.

Maman m'a montré une photo: papa tenait un énorme crocodile en ébène dans ses bras.

— Ce reptile incarne la voracité de la nuit: il dévore le soleil pour amener l'obscurité. C'est une force de la mort, mais aussi de la vie. On sait qu'après la nuit vient le jour, que tout renaît.

— Sherlock devait sentir la mort, car il a détesté le crocodile, ai-je dit à maman.

— C'est étrange! Il devait être incommodé par l'odeur du bois.

— Ce n'est pourtant pas la première fois qu'il voit une sculpture africaine. Il y en a une chez papa.

— Il devait être jaloux de l'attention que vous portiez tous au crocodile.

Maman cherchait une photo tout en me parlant. Il s'agissait de la plus belle sculpture qu'elle ait vue en Afrique. Elle ressemblait à une toile de Matisse.

Je ne connais pas ce peintre, mais ça devait être un type étrange! La photo que me montrait maman représentait une sorte de tronc d'arbre percé d'une dizaine de trous. Des formes bizarres étaient sculptées sur les bords.

— Moi, je trouve que ça ne ressemble à rien, ai-je déclaré. C'est tout croche.

Maman m'a souri en disant que j'apprécierais plus tard. J'espère que non! Je serais découragée de me mettre à aimer des cubes et des ronds qui vont dans n'importe quel sens!

Maman a des goûts vraiment curieux! La mère d'Arthur aussi: elle a déjà acheté une sculpture en marbre qui représente deux sphères qui rentrent l'une dans l'autre. Arthur m'a dit que ça avait coûté très cher; il pense qu'elle aurait plutôt dû lui offrir un zoom pour son appareil photo.

Maman m'a aussi montré des photos de scènes de la vie quotidienne dans les villages africains: la pêche, les récoltes, la préparation des repas, le travail des artisans.

— Tout ça disparaît lentement, a ajouté maman en désignant des photos de grandes villes.

Elle a soupiré:

— On a une vision désuète de l'Afrique.

On la voudrait exotique, colorée, folklorique, comme dans nos livres d'enfants. La réalité est tout autre. Il y a encore des richesses en Afrique, mais énormément de misère. Les gens ont quitté leur village, attirés par les cités modernes, mais ils n'y vivent pas tous agréablement.

— Ils peuvent faire des sculptures ou des peintures, comme dans leur village!

— Ce n'est pas si simple que ça.

— Les touristes doivent aimer le travail des Africains. Tous leurs animaux de bois sont très beaux.

— C'est vrai, mais il faut être organisé pour bien faire connaître le talent. Il faut implanter un système, un marché, un réseau de distribution. Crois-moi, je le sais!

Maman travaille au théâtre. Elle est accessoiriste. Elle connaît plusieurs artistes: des peintres, des comédiens, des écrivains. Elle dit souvent que le talent ne suffit pas pour réussir dans ces métiers. Il faut beaucoup de travail, de la chance et une bonne organisation.

— J'espère que les Africains vont tout de même continuer à sculpter!

— Regarde ces masques! a fait maman en contemplant une photo. J'étais pâmée quand je les ai vus. Ils sont très expressifs!

Un peu trop à mon goût! J'avais l'impression qu'ils avaient envie de mordre. Je n'aurais pas mis ces objets dans ma chambre. J'aurais fait des cauchemars!

— Ces masques sacrés sont utilisés lors des cérémonies religieuses. Selon certaines légendes, ils représenteraient les forces du Bien et du Mal et ils auraient des pouvoirs étranges. Je m'en suis souvent inspirée au théâtre.

— Je préfère les animaux, ai-je dit. Même les crocodiles ont l'air plus gentils.

Maman a ri doucement en refermant l'album. Elle m'a confié qu'elle aussi avait un peu peur des masques, même si elle les trouvait superbes. Je l'ai embrassée et je suis allée me coucher.

Maman n'a pas vu Sherlock entrer dans ma chambre. J'ai fait monter mon chien sur le lit et on s'est endormis en même temps.

Chapitre II
Le vol

Arthur m'a téléphoné dès son réveil. Il avait rêvé qu'il voyageait à dos d'éléphant dans la brousse africaine.

— C'était super, Andréa! As-tu envie que nous allions à la boutique d'art africain? Tu verras, Blaise est très gentil. Je te retrouve à l'arrêt d'autobus dans trente minutes.

Comme je m'y attendais, Arthur est apparu avec dix minutes de retard. Aussi, je venais juste d'arriver. J'ai ri en le voyant. Il avait mis une chaussette brune et une chaussette verte. Ça lui arrive souvent, parce qu'il est daltonien.

L'autobus est arrivé immédiatement. On s'est assis au fond, car on s'y fait plus secouer! Arthur m'a raconté que sa chatte

Hermine crachait sur le crocodile chaque fois qu'elle passait à côté.

— Elle en a vraiment peur!

On a marché huit minutes pour se rendre à la boutique. Il faisait un temps extraordinaire. Les gens se prélassaient aux terrasses des restaurants. Ils souriaient tous, comblés par le soleil.

— Les crocodiles aussi aiment le soleil, m'a expliqué Arthur. Comme les rhinocéros, ils se baignent dans la boue pour tuer les insectes qui les piquent et ils laissent le soleil sécher la vase sur leur peau.

Mon chien aussi aime se rouler dans la boue, mais les puces le piquent quand même.

— Et les girafes, a continué Arthur, elles ont... Oh!

Une voiture de police était garée devant la boutique d'art africain.

On a pressé le pas. Un policier sortait de la boutique et regagnait son véhicule. Quand il a démarré, nous sommes entrés. Arthur m'a désigné Blaise, assis dans un fauteuil en osier. Il avait les cheveux crépus, des lunettes rouges et portait une chemise très colorée.

— Blaise! s'est exclamé Arthur. Que

s'est-il passé?

Blaise a froncé les sourcils et il a soupiré:

— J'ai été cambriolé.

— Quoi?

— J'ai reçu beaucoup de marchandises hier soir. Toutes ces boîtes ont été ouvertes et vidées de leur contenu durant la nuit.

— Que contenaient-elles? ai-je demandé.

— Des sculptures et des masques: des girafes, un serpent et un crocodile.

— Celui que nous avons acheté, a dit Arthur.

— Oui... Tout le reste a disparu. Excepté le serpent que M. Marcellin est venu chercher juste après toi. Il l'attendait depuis longtemps. Il collectionne les beaux serpents. Ils sont rares en Afrique.

— Ah! me suis-je étonnée. Je croyais qu'il y en avait beaucoup. Et des dangereux!

Blaise a secoué la tête:

— Je parlais des sculptures. Les serpents sont souvent de mauvaise qualité, faits en série pour les touristes. Ils ne sont d'aucun intérêt pour un collectionneur. Maintenant, excusez-moi, mais j'ai des tas de choses à régler. Et à ranger...

Les boîtes étaient renversées dans toute la boutique. Il y avait des feuilles de papier froissées, de la paille, des bouts de carton, des cordes et même des clous. Le voleur avait éventré les caisses de bois et les boîtes de carton pour prendre les sculptures.

— On peut t'aider, a proposé Arthur.

Sans attendre la réponse de Blaise, on s'est mis au travail. On a transporté la plus grande boîte de carton dans un coin pour y mettre tout ce qu'on ramassait. Blaise a paru surpris, puis il nous a dit qu'il allait

en profiter pour remplir ses formulaires d'assurance. Il s'est éloigné vers le fond de la boutique et s'est installé devant son ordinateur.

On a tout nettoyé en une heure. On a empilé les boîtes et rangé les clous soigneusement.

— Andréa! Regarde ce petit bout de tissu gris, a fait Arthur.

Il désignait un morceau d'étoffe accroché à une caisse de bois.

— C'est bleu de France, ai-je corrigé.

Arthur a haussé les épaules:

— Je n'ai peut-être pas nommé la bonne couleur, mais c'est moi qui l'ai trouvé, ce tissu! Le voleur doit avoir déchiré sa veste en voulant ouvrir la caisse.

— On tient notre premier indice!

On est allés montrer notre découverte à Blaise qui nous a tendu une enveloppe:

— On va ranger ce bout de gabardine et le donner à Jocelyn Bluteau.

— Jocelyn Bluteau?

— C'est le policier chargé de l'enquête. Il sera content d'avoir un indice.

— Il n'en a pas trouvé, lui? ai-je questionné.

Tout à coup, Blaise a semblé fatigué.

— Non. Rien. Mais on soupçonne que le voleur savait que j'attendais une cargaison importante.

— C'est quelqu'un que tu connais!

— Peut-être. Je n'aime pas ça. C'est le genre d'événement qui fait qu'on se méfie de tout le monde par la suite...

— Je sais, ai-je dit. On m'a déjà volé ma montre à l'école. Je l'avais enlevée pour le cours d'éducation physique et je ne l'ai jamais retrouvée.

— D'où venaient tes sculptures? a demandé Arthur.

— Du Kenya, de la Tanzanie, du Zaïre, de la Côte-d'Ivoire et d'autres pays...

— Et plusieurs personnes savaient que tu les recevais hier?

— Hélas, oui...

— Quelqu'un aurait-il pu vouloir s'approprier toute ta marchandise?

Blaise a soupiré:

— Il y a toutes sortes de collectionneurs. Des gens patients qui savent attendre une pièce rare. Les pressés qui veulent tout acheter, tout de suite. Les maniaques qui tiennent tellement à un objet qu'ils peuvent téléphoner en pleine nuit pour être certains qu'on le leur garde. Il y a aussi les spéculateurs, qui pensent plus à la valeur marchande qu'à la beauté de l'oeuvre.

Blaise a essuyé ses lunettes, puis il a ajouté:

— Mais il me semble qu'aucun de mes clients n'aurait pu commettre un acte criminel. C'est d'autant plus bizarre que cette livraison ne comptait pas de pièces rarissimes.

— Excepté le serpent.

— Mais on n'a pas volé le serpent.

— Un concurrent jaloux aurait-il pu te cambrioler? ai-je demandé à Blaise.

Blaise s'est exclamé:

— Tu me poses les mêmes questions que le policier!

Arthur a alors expliqué que nous avions l'habitude de mener des enquêtes.

— On a éclairci plusieurs mystères. Andréa les relate dans le journal de l'école, le *Sherlock,* et je m'occupe des photos.

— On va t'aider à retrouver tes sculptures, ai-je promis. Il faut d'abord découvrir qui a fait un accroc à ses vêtements.

Blaise n'avait pas l'air très convaincu de nos talents de détectives, mais on est habitués au scepticisme des adultes. On lui prouverait nos compétences!

— Comment s'est-on introduit dans la boutique? a questionné Arthur. Il n'y a pas de système d'alarme?

— Oui, mais le voleur l'a débranché. Pourtant, je croyais que c'était un système très sophistiqué.

— Ou c'est un cambrioleur expérimenté... ou bien c'est un poseur de systèmes d'alarme!

— Les policiers m'ont dit que le service de protection que j'ai choisi est digne de confiance, a affirmé Blaise. Ils n'ont jamais eu une plainte depuis que cette entreprise existe. Ce n'est pas de ce côté qu'il faut chercher.

— Alors, c'est un voleur professionnel qui croyait que les pièces valaient très cher. Car il y en a plusieurs dans cette boutique.

Je pensais à certaines statuettes qui atteignaient des prix très élevés. Songeuse, j'ai ajouté:

— Quelqu'un qui a si bien préparé son coup doit s'être renseigné sur la valeur de la livraison. C'est vraiment curieux.

Chapitre III
Les indices

Sur le chemin du retour, Arthur m'a proposé d'examiner le crocodile avant d'aller rejoindre l'équipe de balle-molle:

— On joue seulement dans deux heures. Peut-être le crocodile nous donnera-t-il un indice?

— Bonne idée!

Chez Arthur, c'était étrangement calme. Ses frères et soeurs étaient tous sortis et ses parents travaillaient.

— Super! a dit Arthur. Je vais pouvoir te téléphoner en paix.

— Arthur! Je suis ici! Tu n'as pas besoin de m'appeler.

Mon ami a grimacé.

— C'est rageant! Pour une fois que la ligne n'est pas occupée!

— Voyons ce crocodile de plus près.

Arthur m'a entraînée dans le salon. L'animal en bois trônait sur une table. On l'a soulevé et examiné lentement sans rien découvrir. J'étais déçue, mais pas vaincue.

— J'ai lu un roman où le voleur prenait tous les dossiers de son patron, même si un seul d'entre eux l'intéressait.

Arthur m'a dévisagée:

— Quel est le rapport avec le crocodile?

— Peut-être que le bandit a volé toutes les sculptures, mais que seulement l'une d'elles lui importait.

— Pourquoi se serait-il embarrassé des autres, alors? a rétorqué Arthur.

— Parce qu'il ne savait pas laquelle était la bonne!

— Pourquoi s'intéressait-il à une sculpture en particulier s'il ne savait même pas qu'elle... Je suis tout mêlé! Ton histoire n'a ni queue ni tête!

— Écoute-moi! Le voleur savait qu'une des pièces recelait un genre de trésor.

— Un genre de...

— Oui, on a peut-être caché des pierres précieuses dans l'une des sculptures et le voleur a voulu les récupérer. Mais il savait seulement que les pierres étaient dissimulées dans l'une d'elles. Il a donc été obligé de les voler toutes pour les examiner et trouver laquelle contenait le trésor.

Arthur a sifflé.

— Tu as beaucoup d'imagination! Mais tu as peut-être raison! Dommage que les pierres précieuses n'aient pas été cachées dans le crocodile! On aurait eu la preuve que ton hypothèse était bonne. On va en parler à Blaise demain.

— Il va être content!

***

Pour être content, Blaise l'était!

Pourtant, on ne lui avait pas encore fait part de nos déductions. Il jubilait, car il avait récupéré toutes ses sculptures.

— Andréa! Arthur! Regardez! C'est formidable, non?

J'ai hoché la tête, trop surprise pour parler. Blaise nous a présenté un policier.

— Voici Jocelyn Bluteau. Il a retrouvé mes sculptures dans un entrepôt, au centre-ville. Racontez-leur comment vous les avez récupérées. Andréa et Arthur aiment les enquêtes.

Jocelyn Bluteau a souri et il a dit qu'il ne pouvait révéler les secrets d'une enquête.

— Avez-vous arrêté le coupable? ai-je demandé.

— Non, il n'y avait personne à l'entrepôt. Mais on rattrapera le voleur. Malheureusement, il n'y avait pas d'empreintes sur les sculptures, mais je suis patient.

— Est-ce qu'une des sculptures était truquée?

Jocelyn Bluteau a sursauté:

— Truquée? Comment ça, truquée?

J'ai expliqué au policier qu'une des sculptures contenait peut-être des pierres précieuses et qu'on aurait pu voler la marchandise de Blaise pour les récupérer.

En même temps, je regardais Arthur du coin de l'oeil. Il me faisait des signes bizarres en tirant sur sa veste. Blaise, qui n'avait rien remarqué, a déclaré que mon idée n'était pas bête.

— Vous n'avez rien trouvé à l'intérieur des autres sculptures?

Jocelyn Bluteau a hésité, puis il a décidé de nous mettre dans le secret:

— Vous rêvez d'aventures, les jeunes, mais ces girafes n'ont pas avalé d'émeraudes ou de rubis. Cependant, vous avez peut-être raison. On croit qu'une des sculptures pourrait cacher un microfilm.

— Un microfilm?

— Qui contiendrait des renseignements concernant un trafic d'armes. Pour un coup d'État en Afrique équatoriale.

Blaise s'est étonné:

— Comment savez-vous ça?

Jocelyn Bluteau l'a interrompu:

— J'en ai déjà trop dit. Mais je voulais que vous compreniez tous les trois qu'il ne faut pas parler de ce vol aux journalistes.

On a promis de se taire, puis j'ai demandé à Jocelyn Bluteau quand il ferait analyser le morceau de tissu.

— Quel tissu?

Blaise s'est frappé le front avec la main:

— J'ai oublié de vous le donner! Andréa et Arthur ont découvert un bout de gabardine bleue accroché à une caisse. Si c'était au voleur? Ce serait une preuve supplémentaire...

Blaise a tendu l'enveloppe contenant l'étoffe. Jocelyn l'a fourrée dans sa poche après avoir jeté un bref coup d'oeil à l'intérieur. Il a déclaré que le tissu serait analysé. Il devait également examiner les deux sculptures qui n'avaient pas été dérobées.

— Vous m'avez parlé d'un alligator et d'un serpent? a-t-il demandé à Blaise.

— Ce n'est pas un alligator, c'est un crocodile, a rectifié Arthur.

— Quoi?

— L'alligator vit en Amérique, le crocodile en Afrique. Et ce n'est pas un gavial, car il a la mâchoire trop large.

— Comment le sais-tu?

— C'est son père qui a acheté le crocodile, a expliqué Blaise.

Le visage de Bluteau s'est éclairé:

— C'est formidable! Tu pourras me le remettre.

— Non, je l'ai donné à ma marraine. Pour son anniversaire.

— Où habite ta marraine? a demandé Bluteau. Nous irons la voir.

— Elle est à Toronto pour un congrès sur la drogue, a répondu Arthur.

Jocelyn Bluteau nous a dévisagés pendant quelques secondes, puis il a encore souri. Pourtant, il n'y avait rien de vraiment drôle.

— Il faut que je voie ce crocodile, Arthur, car il représente peut-être un danger pour ta marraine.

— Mais elle n'est pas là.

— On pourrait cambrioler son appartement afin de récupérer le crocodile.

— Mais non, personne ne sait qui a acheté le crocodile, a dit Blaise. Excepté nous et la famille Lancelot. Le criminel ne peut pas retrouver la sculpture.

Bluteau s'est frotté les yeux.

— Vous m'avez dit noter dans un carnet la date des achats de vos clients, ainsi que leur adresse afin de leur envoyer des invitations lors des expositions. Le criminel l'a sûrement consulté. Il voudra rendre visite à ceux qui ont acheté le serpent et le crocodile. Vous savez, il peut s'agir d'un microfilm. Mais ça peut être beaucoup plus grave aussi.

— Plus grave? ai-je demandé.

— Je ne devrais pas vous en parler, mais il faut vraiment que j'examine le crocodile et le serpent de M...

— M. Marcellin, a précisé Blaise.

— Il faudra que vous me donniez son adresse. Je dois prévenir cet homme du danger qui le guette. Le criminel est peut-être un membre de la secte...

Bluteau a regardé dehors comme s'il craignait qu'on le surveille. Puis, il a ajouté tout bas:

— La secte XO.

— XO? X - O?

— Des Africains convaincus que les Blancs commettent des sacrilèges en sortant les sculptures de leur pays d'origine. Vous savez que les masques sont utilisés dans les cérémonies religieuses.

— Oui, mais pas les girafes, ai-je spécifié.

— Le serpent, lui, est très important dans la mythologie africaine, a fait Blaise. On prétend qu'il unit le haut et le bas de l'univers. C'est l'arc-en-ciel qu'on...

— C'est bien joli tout ça, l'a interrompu le policier, mais la secte XO est moins poétique. Elle menace les étrangers. Ces maudits Xoïstes jettent des sorts aux acheteurs de sculptures.

Blaise a froncé les sourcils:

— Je n'ai jamais entendu parler de cette secte et pourtant, je connais très bien nos légendes!

— Il faut être prudent avec les rites vaudou, a répliqué Jocelyn Bluteau.

— Le vaudou est d'origine haïtienne, pas africaine, a rectifié Blaise.

Bluteau n'a pas eu l'air tellement content de se faire corriger. Il a regardé Arthur et lui a rappelé qu'il devait voir le crocodile.

Arthur a promis de demander l'adresse de sa marraine à sa mère.

— Tu ne sais pas où elle habite?

— Non, elle vient juste de déménager.

Jocelyn Bluteau a donné sa carte à Arthur en lui disant qu'il attendait son téléphone. Et il est sorti.

Chapitre IV
Le XO frappe

On a quitté la boutique, nous aussi. Je voulais savoir pourquoi Arthur avait caché la présence du crocodile chez lui.

— J'ai promis à ma tante de le garder précieusement. Mais c'est à cause du tissu.

— Du tissu?

— J'ai remarqué un accroc à l'uniforme de Bluteau. Et quand Blaise lui a remis le morceau de gabardine, il l'a rangé bien vite en le regardant à peine. Est-ce qu'il est de la même couleur que sa veste?

J'ai applaudi.

— Oui! J'en suis sûre!

— Il a peut-être déchiré sa veste en constatant le vol...

— Je ne l'aime pas. Je suis certaine qu'il est raciste. Il était hautain avec Blaise. En tout cas, il insistait beaucoup pour voir ton crocodile.

— Mais la secte XO est peut-être dangereuse! s'est inquiété Arthur.

— Je vais regarder si on parle de la secte XO dans mon livre sur l'Afrique, ai-je dit. Mes parents l'avaient acheté après leur voyage au Sénégal. Rappelons-nous cependant que Blaise ne connaît pas cette secte, même s'il est Africain et qu'il a beaucoup voyagé.

— En attendant, que dois-je faire avec le crocodile?

— Cachons-le!

— Dans notre sous-sol. Un voleur ne pourra jamais le trouver.

Arthur avait bien raison: même sa chatte Hermine devait s'y perdre, tellement c'était encombré!

J'ai rejoint maman à midi. J'adore sortir avec elle! Elle lisait le journal en m'attendant.

— Il y a un article intéressant sur une nouvelle drogue, ma chérie.

— Le *snake*?

— Tu connais? a balbutié maman.

— La marraine d'Arthur en a parlé. Elle participe au congrès sur les drogues, à

Toronto. Il faut être stupide pour en consommer. C'est chimique et très dangereux! Jamais je n'essaierai ça!

— Tu me rassures, a fait maman.

Je lui ai tapoté le bras. Je suis bien trop occupée avec mes enquêtes pour avoir le temps et l'envie d'essayer le *snake*. Je lui ai parlé du vol chez Blaise et du rapide retour des sculptures.

— Il a été très chanceux qu'on les retrouve si vite! s'est étonnée maman avant de m'inviter au cinéma.

Après le film, on est allées chercher Stéphane, qui me garde le soir quand maman travaille au théâtre. J'ai beau lui dire que je suis assez grande, elle ne veut pas me laisser seule.

Dès que maman a été partie, Stéphane a téléphoné à Estelle, sa copine. Je savais que je serais tranquille pour la soirée! J'allais écouter un film d'aventures quand Stéphane a fait irruption dans le salon et a pris la télécommande. Il voulait écouter les nouvelles.

— C'est Estelle! Elle dit que son voisin a été assassiné. On en parle en ce moment à la télévision!

— Quoi?

On a vu des photos d'un vieux monsieur, puis des ambulanciers qui amenaient le corps à la morgue. Un journaliste résumait la situation:

«C'est une voisine qui a fait la macabre découverte. Elle rapportait à M. Marcellin un livre lui appartenant quand elle l'a trouvé mort dans son salon. Les premières constatations indiquent que M. Marcellin a été étranglé. Le criminel devait connaître la victime, car il n'y a pas de trace d'effraction. On interroge les voisins, mais la plupart étaient absents au moment du crime.»

Le journaliste a ajouté:

«Yves Marcellin était un herpétologue réputé. Il poussait même sa passion des serpents jusqu'à collectionner les oeuvres d'art les concernant.»

— M. Marcellin! Il a acheté un serpent chez Blaise!

— Chut! Écoute!

«On a trouvé un masque mortuaire sur le sol et un des ambulanciers a révélé que l'assassin avait utilisé du rouge à lèvres pour marquer le front de la victime des lettres XO. Quiconque pourrait apporter des informations sur ces lettres est prié de communiquer avec les policiers.»

— Tu connais le voisin d'Estelle? m'a demandé Stéphane. Qu'est-ce que tu as? Tu es pâle...

— Bl... Blaise connaît M. Marcellin, ai-je bégayé. Il faut que j'appelle Arthur tout de suite.

— Quand j'aurai parlé à Estelle.

J'ai réussi à persuader Stéphane de me laisser téléphoner immédiatement à Arthur. Mais il n'a pas voulu que j'aille le rejoindre et j'ai dû me résoudre à attendre au lendemain pour voir mon ami.

Au téléphone, Arthur m'a dit que César était bien caché. Et qu'il m'attendait chez lui à neuf heures le lendemain. Son frère Olivier viendrait nous reconduire à la boutique.

J'arrivais chez Arthur quand Sherlock m'a échappé: il avait vu un chat. J'ai couru après lui et c'est alors que j'ai aperçu Jocelyn Bluteau. À demi dissimulé par une camionnette, il surveillait la maison d'Arthur. Je me suis arrêtée et j'ai fait demi-tour.

Je me suis cachée derrière une voiture pour le surveiller. Bluteau est parti au bout de dix minutes. J'ai retrouvé Sherlock qui jappait au pied de l'arbre où avait grimpé le chat, puis j'ai sonné chez Arthur.

Je lui ai dit que je venais d'apercevoir Bluteau.

— C'est vraiment un drôle de bonhomme, a marmonné Arthur.

— Oui, mais il doit avoir ses raisons pour agir ainsi. Il sait sûrement ce qu'il fait, c'est un policier!

On est allés chez Blaise pour en apprendre plus sur M. Marcellin.

Blaise parlait avec un policier que nous n'avions jamais vu. Il nous a présentés à ce dernier. Il s'appelait Mouélé Kintou. Tous deux semblaient bien se connaître.

— Arthur est un de mes clients, lui a expliqué Blaise. D'ailleurs, ton collègue Jocelyn Bluteau a beaucoup discuté avec lui.

— Ah oui? a fait Mouélé.

— M. Bluteau veut voir le crocodile de ma tante, a dit Arthur. Mais c'est impossible pour le moment. Ma tante se trouve à Toronto.

— Pourquoi veut-il le voir?

— Le crocodile faisait partie de la marchandise reçue le jour du vol, a répondu Blaise.

— Mais je l'ai acheté avant le vol! a spécifié Arthur. Jocelyn Bluteau veut pourtant l'examiner. Il pense qu'il y a peut-être un microfilm à l'intérieur. Et que le crocodile est ensorcelé. Que la secte XO punit les étrangers.

Mouélé Kintou nous a demandé de répéter.

— Il était très inquiet, ai-je ajouté. Il semble avoir vraiment peur des sorciers africains.

Mouélé Kintou a haussé les épaules, puis il a demandé à Blaise de le rappeler si un détail lui revenait à l'esprit au sujet de M. Marcellin.

— Je serais heureux que tu m'aides à retrouver les coupables, a dit Blaise.

On a entendu la sonnette qui avertit de l'arrivée d'un visiteur et Sherlock s'est mis à japper. Un coursier a apporté une enveloppe à Blaise. Il l'a ouverte en fronçant les sourcils. Il a lu la lettre et l'a montrée à Mouélé Kintou qui a juré:

— Ton voleur est cinglé!

La secte XO nettoiera la planète des sacrilèges. Le serpent est armé et saura faire son oeuvre.

Blaise a soupiré:

— Qu'est-ce que je dois faire?

— C'est exagéré! Je ne crois pas à cette secte. Je n'en ai jamais entendu parler. Et je suis né en Afrique, comme toi. Écoute, Blaise, je ne peux pas me mêler de l'enquête. C'est Bluteau qui en est chargé. Je vais cependant chercher de mon côté, après mon travail. Et...

— Flûte, le voici, ai-je prévenu en voyant Bluteau à la porte.

— Il est antipathique, mais on peut dire qu'il ne ménage pas sa peine, a chuchoté

Blaise. Il vient me voir régulièrement depuis le vol.

Bluteau s'est figé en voyant son collègue dans la boutique.

— Qu'est-ce que tu fabriques ici?

— Une petite visite. Tu sais bien que ces sculptures représentent ma culture. J'ai été élevé avec les singes, comme tu le dis toi-même!

Mouélé Kintou nous a salués et est sorti rapidement.

— Je suis venu vous parler de M. Marcellin, a annoncé Bluteau. Je n'aime pas tellement ce qui lui est arrivé...

— Regardez, a fait Blaise en lui tendant la lettre.

Bluteau a baissé la voix.

— Je ne veux pas vous effrayer, mais la secte XO m'a l'air bien organisée. Et dangereuse! M. Marcellin a été étranglé parce qu'il possédait le serpent... Les XO tuent à la manière de l'animal qui a été volé. Un serpent? On étouffe. Un lion? On éventre, on déchire. Un éléphant? On écrase. Un crocodile? On noie sa proie...

J'ai frissonné même s'il faisait chaud et il m'a semblé qu'Arthur était un peu plus pâle.

— Avez-vous une piste? ai-je demandé.

— Le rouge à lèvres indique que c'est probablement une femme qui a tué Yves Marcellin. C'est possible. En Afrique, il y a des tribus où les femmes sont très grandes et très fortes.

Chapitre V
La vipère

Jocelyn Bluteau s'est tu un moment et Blaise lui a secoué le bras.

— Je pourrais être victime de la secte? Même si je suis Africain?

— Non, a protesté Bluteau, je fais surveiller la boutique. Mes hommes sont très discrets.

On n'avait effectivement rien remarqué. J'aurais aimé leur demander leurs trucs de camouflage.

— Ma marraine va me téléphoner aujourd'hui, a dit Arthur. Je lui demanderai où elle a mis sa sculpture. Mais elle ne croit pas aux maléfices. J'en ai déjà parlé avec elle. Elle n'aura pas peur.

— Et pour M. Marcellin?

— Oh! elle soutiendra que c'est une

coïncidence. Je la connais! Et elle n'aime pas qu'on s'introduise chez elle en son absence. C'est pourquoi elle n'a ni animaux ni plantes vertes dont il faut s'occuper. Mais je vous le répète, elle rira de la prophétie.

Jocelyn Bluteau a marmonné qu'elle ne rigolerait pas quand elle rencontrerait le tueur ou la tueuse xoïste.

Arthur a juré de rappeler Jocelyn Bluteau dès qu'il aurait parlé à sa marraine.

— Si elle nous dit où est le crocodile, nous irons tout de suite vous le porter au poste de police.

— Non, non. Dès que vous saurez l'adresse, j'irai le chercher moi-même. Je ne veux pas que vous couriez un danger.

Jocelyn Bluteau nous a salués en répétant qu'il attendait de nos nouvelles. On est sortis peu de temps après. Blaise avait des coups de téléphone importants à donner.

Et surtout, je me posais des questions au sujet de Jocelyn Bluteau.

— Il n'habite pas près de chez toi, Arthur. Rattrapons-le. Il faut savoir s'il surveillait un membre du XO dans ton quartier.

— Ou moi? Bluteau a affirmé que la boutique de Blaise était gardée. C'est peut-être la même chose dans mon cas?

— Il te l'aurait dit pour te rassurer. Où est-il?

— Là, de l'autre côté de la rue.

On a vu Jocelyn Bluteau pousser la porte du bureau d'une compagnie de messagerie. Il tenait un petit paquet rouge. Il est resté quelques minutes à l'intérieur. Pendant que nous faisions le guet, des coursiers entraient et sortaient, casqués et vêtus tout en vert fluo. De vrais crocodiles modernes!

Puis, Bluteau est ressorti du bureau les mains vides. Le suivre était une bonne idée, mais malheureusement, Bluteau s'est engouffré dans sa voiture, garée tout près.

J'étais dépitée. Arthur m'a proposé d'aller chez lui pour consulter les ouvrages qu'il avait empruntés à la bibliothèque. Je crois que c'est leur client le plus fidèle. Il y va plusieurs fois par semaine.

Arthur avait trouvé un livre sur les sortilèges: *Le petit Albert*. On y donnait des recettes faites avec du sang de crapaud, des araignées pilées et des cheveux de victimes sacrifiées. Mais on ne parlait pas de la secte XO.

— C'est une secte trop secrète, a chuchoté Arthur, déçu. Je me demande bien qui pourrait nous renseigner. Oh! Je crois savoir!

— Qui?

— Papa Diap!

— On aurait dû y penser plus tôt!

On a téléphoné aussitôt au restaurant africain où on était allés pour l'anniversaire d'Arthur. Papa Diap était si gentil qu'il nous aiderait sûrement.

Papa Diap semblait heureux d'avoir des nouvelles d'Arthur, mais il n'avait jamais entendu parler des XO.

— Si cette secte était si puissante, je le saurais! Je pense que ce policier veut vous faire peur afin que vous oubliiez toute cette histoire.

Nous étions découragés. Qui nous informerait sur la secte XO?

On est rentrés chez Arthur. Ses parents nous attendaient devant la maison.

M. Lancelot a montré une vipère à son fils:

— C'est Hermine qui l'a tuée. Mais la vipère était dans ta chambre. Sais-tu comment elle y est entrée?

Arthur a écarquillé les yeux:

— Je ne... ne sais pas, papa.

— Ce serpent aurait pu blesser quelqu'un. Sa morsure n'est pas mortelle, mais tout de même dangereuse. Ce qui est étrange, c'est que ce reptile ne vit pas au Québec. Je trouve ça inquiétant...

— Mais d'où vient-il? ai-je demandé, en me doutant de la réponse.

— D'Afrique.

J'ai retenu un cri, mais je n'ai pas osé regarder Arthur.

— Vous êtes certains de ne pas l'avoir rapporté d'une animalerie?

— On pourrait vous l'avoir donné? a suggéré Mme Lancelot. Arthur, tu sais qu'on ne t'interdit pas d'avoir des animaux. On doit seulement en parler avant. On en a déjà plusieurs ici. Tu vois ce qui est arrivé: Hermine n'était pas d'accord!

— Et cette vipère ne devrait absolument pas être vendue dans une animalerie, a déclaré M. Lancelot. Il faut que j'aie le nom du propriétaire, même si ça me déplaît de le dénoncer. Ce reptile ne doit pas être exporté pour la vente. Dis-moi tout, Arthur.

— Mais je n'ai pas apporté cette vipère! Elle est entrée toute seule.

— Comment? a insisté M. Lancelot.

— C'est quelqu'un qui voulait s'en débarrasser, ai-je risqué pour rassurer le père d'Arthur. Comme vous êtes vétérinaire, il a pensé que vous sauriez quoi en faire.

Mme Lancelot m'a passé la main dans les cheveux.

— Andréa-Maria doit avoir raison. J'aime mieux ça. Je n'aurais pas apprécié que mon fils me cache quelque chose.

Arthur a tenté de sourire. Il était aussi mal à l'aise que moi. Mais pouvait-on raconter à ses parents que la vipère avait été introduite dans la maison par la secte XO?

M. Lancelot est retourné à son cabinet et Mme Lancelot au garage, où elle vernissait une vieille chaise.

— Crois-tu que cette vipère m'aurait mordu? m'a demandé Arthur.

— Non, mais je voudrais bien savoir comment les Xoïstes ont su où tu habitais...

Arthur m'a regardé droit dans les yeux.

— Je sais bien que Bluteau est un policier, mais c'est peut-être lui qui les a informés.

— Pourquoi?

Arthur a replacé sa casquette:

— Pour de l'argent?

— Il doit vendre ses informations concernant la boutique de Blaise à la secte XO.

— C'est comme ça qu'ils ont su où habitait M. Marcellin!

Arthur a blêmi:

— Je n'aime pas ça, Andréa... On devrait en parler à un autre policier.

— Comment savoir si celui auquel on s'adressera est honnête?

— Mouélé Kintou. Il n'aime pas beaucoup Bluteau.

— Parce qu'il est raciste.

— Ou parce qu'il le soupçonne de quelque chose?

J'ai secoué la tête.

— Peut-être qu'il est jaloux. Qu'il voudrait aussi toucher de l'argent de la secte! On ferait mieux d'attendre.

— Même si Blaise fait confiance à Mouélé Kintou? Ce n'est pas toi qui gardes le crocodile! Je n'ai pas envie qu'on m'envoie un boa constrictor la prochaine fois!

Arthur avait raison d'avoir peur. Je lui ai suggéré d'en parler à ses parents. Il a paru embarrassé:

— On aurait dû tout leur raconter quand ils nous ont questionnés au sujet de la vipère.

J'ai soupiré. On était encore obligés de mentir. Pourtant, on détestait ça tous les deux. Arthur était vraiment très embêté.

— C'est la dernière fois qu'on cache quelque chose à nos parents, d'accord?

J'ai acquiescé, puis j'ai dit que je commençais à avoir faim.

Chapitre VI
Pauvre Sherlock

Comme si elle avait deviné mes pensées, Mme Lancelot est sortie du garage et nous a proposé un super-sandwich au poulet.

On a suivi Mme Lancelot à la cuisine. Elle allait baisser le volume de la radio quand on a reconnu la voix de Marie-Hélène. Elle faisait un compte rendu du congrès sur la drogue. Elle disait que le *snake* était la pire drogue dans toute l'histoire des stupéfiants.

— Les usagers deviennent très rapidement agressifs. Les symptômes rappellent presque les cas de rage. Un homme doux deviendra violent. Il aura envie de mordre, de tout briser. Souvent, le drogué se mutile, car il a l'impression que sa peau est trop petite pour lui.

— Trop petite? a demandé l'animateur.

— Oui. On appelle cette drogue *snake*, car les usagers finissent par siffler.

— Comme un serpent?

— Exactement. Mais on a également découvert que ses victimes hallucinent au point de croire qu'elles peuvent se transformer en bêtes sauvages. Elles choisissent de devenir un loup, ou un lion. Ces drogués se sentent invulnérables. Ils peuvent mordre ou attaquer un passant comme le ferait un chien enragé. Cependant, l'effet de métamorphose ne dure pas longtemps.

— Et alors?

— L'usager doit reprendre du *snake* pour retrouver l'illusion d'être un tigre. Bientôt, il a l'impression que la mutation n'opère plus, que l'animal qui est en lui est prisonnier de son corps. Pour le libérer, le drogué va d'abord arracher ses vêtements, mais ce ne sera pas assez.

— Il ne peut tout de même pas s'arracher la peau...

— Oui, a dit Marie-Hélène. C'est ce que l'usager du *snake* va vouloir faire. Tous les médecins sont formels: les victimes de cette drogue se mutilent horriblement. Ici, à Toronto, des policiers nous ont montré des photos abominables. Je peux vous dire que je suis d'accord avec les autorités: le *snake* est la pire drogue qui ait jamais été inventée!

— D'où vient cette drogue? a demandé l'animateur.

— On croit qu'elle provient de l'Inde ou du Pakistan, mais elle n'arrive pas directement ici. Les narcotrafiquants sont très rusés. Ils savent que les douaniers se méfient des arrivages en provenance de l'Asie. Ils font donc transiter le *snake* par d'autres pays. De plus, la matière brute serait peut-être transformée aux États-Unis. Mais on ignore encore la provenance exacte du *snake*. On ne sait pas non plus qui le contrôle.

— C'était Marie-Hélène Lancelot, avocate en droit international, qui nous parlait en direct de Toronto, a conclu l'animateur. Merci, maître Lancelot.

La mère d'Arthur a fermé la radio, puis elle s'est tournée vers nous.

— Qu'est-ce que vous pensez de cette drogue?

— Moi, ça me rappelle un film d'horreur,

ai-je répondu. Les gens se changeaient en loups-garous.

— C'est bizarre. Pourquoi est-ce que les gens prennent de la drogue s'ils savent qu'ils vont devenir fous? a demandé Arthur.

— Parce que c'est tentant d'essayer! a dit Mme Lancelot.

— J'aime mieux flatter mon chien que de me prendre pour lui! ai-je déclaré.

Mme Lancelot nous a souri, puis elle

nous a confié qu'elle était bien contente qu'on n'ait pas envie de goûter au *snake*. Après le repas, on l'a aidée à remplir sa camionnette de vieux meubles.

— Je vous emmène au terrain de jeu, si vous voulez.

Parfait, ai-je pensé. Ça nous changera les idées. Bien sûr, je me suis tue. Mme Lancelot ne devait pas deviner nos inquiétudes.

On s'est assis à l'arrière et Sherlock s'est étendu sur Arthur et moi. Au parc, je l'ai attaché à un arbre: mes amis n'aiment pas qu'il attrape et mâche le *frisbee* quand on le lance.

On a joué longtemps avec Sébastien et Marie-Ève. Il faisait très beau et il n'y avait presque pas de maringouins.

— J'ai soif, a dit Arthur. Pas toi?

— Oui, on pourrait s'acheter du jus. Je vais chercher Sherlock.

Je suis partie en courant.

Et j'ai vu la laisse de Sherlock... sans Sherlock!

Où était mon chien préféré?

J'ai crié son nom un million de fois. Arthur m'a rejointe. On a fait le tour du parc deux fois avant de le trouver. C'est

Arthur qui a vu ses pattes dépasser sous un buisson.

— Sherlock! ai-je hurlé. Non!

Je me suis élancée. Je ne voulais pas que mon chien soit mort! Il ne pouvait pas être mort! Pas Sherlock! Je l'avais depuis que j'étais toute petite. C'est mon père qui me l'avait donné. Il n'avait pas le droit de mourir, il était bien trop jeune.

— Il respire! a dit Arthur. Il respire!

Sherlock vivait encore. Mais il était inconscient. Je pleurais en le flattant et en le suppliant de ne pas mourir. Arthur m'a secouée par le bras.

— On ferait mieux de l'emmener au bureau de papa. Attends-moi! Je reviens tout de suite.

Il est allé voir Sébastien et Marie-Ève qui jouaient plus loin, puis il est revenu avec une sorte de chariot attaché à une bicyclette.

On a soulevé Sherlock avec mille précautions et on l'a déposé sur le chariot.

Arthur s'est tourné vers moi:

— Cette fois, je te jure que je vais être ultra-rapide! Mais il faut que ce soit moi qui entre dans le cabinet de papa, car tu ne connais pas la nouvelle secrétaire.

— Je vous rejoins très vite, ai-je murmuré.

J'avais la gorge serrée en voyant Sherlock et Arthur s'éloigner.

En courant chez M. Lancelot, j'ai entendu klaxonner derrière moi. C'était Mouélé Kintou.

— Où vas-tu comme ça?

— Mon chien est malade.

— Monte vite!

— Ce n'est pas nécessaire, je suis presque rendue, ai-je dit.

Maman m'a assez répété de ne pas monter en voiture avec un étranger, même si je l'avais déjà vu une ou deux fois avant.

— Bravo! a dit Mouélé Kintou. Tu es prudente, Andréa. Je n'insiste pas, mais tu peux avoir confiance en la police.

Je me demandais pourquoi il me parlait de confiance. C'était assez pour que je me méfie de lui.

— Je peux me fier à Jocelyn Bluteau? ai-je demandé en continuant à marcher. La secte XO existe donc?

Mouélé Kintou, qui fumait une cigarette, a blêmi, mais il s'est contenté de répondre que Bluteau faisait son travail de policier.

— Ça te fait peur, Andréa?

— Oui. La secte XO est dangereuse!

— Je n'ai jamais entendu parler des Xoïstes, mais je vais me renseigner, a promis Mouélé Kintou.

Il m'a saluée et s'est éloigné. J'étais soulagée. J'en venais à me méfier de tout le monde. Que faisait-il dans les parages?

Chapitre VII
Une poupée de chiffon

J'ai recommencé à courir et j'ai enfin vu la maison des Lancelot. J'étais si essoufflée en arrivant que je ne pouvais pas parler. Arthur m'attendait devant la porte du cabinet.

— Ton chien va s'en sortir.

— Je veux le voir!

Arthur a poussé la porte. J'ai couru flatter Sherlock qui m'a léché la main.

— Je l'ai fait vomir, a expliqué M. Lancelot. Vous avez bien fait de l'amener aussi vite. Il a mangé un aliment avarié. Je pense qu'on l'a empoisonné.

— Empoisonné!? me suis-je exclamée.

— Il y a bien des gens qui n'aiment pas les chiens, a dit M. Lancelot. Ils les trouvent bruyants et sales. Nos voisins ont perdu leur Blackie comme ça. Ne t'inquiète pas, je garde Sherlock pour la nuit. Je vais le remettre sur pattes.

Un peu rassurée, j'ai remercié M. Lancelot. Puis j'ai raconté à Arthur ma rencontre avec Mouélé Kintou.

— On devrait demander à Blaise son avis sur les policiers. Il a rencontré Bluteau et Kintou plus souvent que nous. Moi, je ne fais plus confiance à personne.

— C'est plus prudent!

On a pris l'autobus pour se rendre à la boutique. Arthur m'a confié qu'il croyait que Sherlock avait été empoisonné par un membre de la secte XO.

— Oui, il y a trop de coïncidences dans cette histoire, ai-je dit. Ils vont me le payer!

— Comment? a murmuré Arthur.

— Je trouverai bien un moyen!

Blaise a sursauté en nous voyant entrer. Nous n'étions pas les seuls à être nerveux.

— Ça va?

— Sherlock a été empoisonné, ai-je annoncé.

— Et on a mis une vipère dans ma chambre, a fait Arthur. La secte XO.

Blaise a soupiré et a ouvert un tiroir de son bureau. Il en a tiré une poupée de chiffon. Elle avait une marque rouge autour du cou.

Je crois que j'ai crié un peu. Il me semblait que les Xoïstes nous envoyaient des avertissements de plus en plus macabres.

— J'ai trouvé cette poupée qui pendait à ma porte quand je suis revenu cet après-midi, après avoir mangé. Je ne trouve pas ça drôle du tout. Il y avait un dessin broché à sa jupe: il représentait une tête de mort au-dessus d'un crocodile.

— Un crocodile comme le mien, a chuchoté Arthur.

— Pourquoi ne veux-tu pas le montrer à Jocelyn Bluteau? a demandé Blaise. Je parie que tu l'as toujours chez toi.

— On se méfie de Bluteau, ai-je dit.

J'ai expliqué à Blaise que Bluteau était probablement complice des Xoïstes.

— Il a un accroc à son uniforme, a rapporté Arthur.

— Il leur a vendu des informations concernant ta boutique. Il les a renseignés sur M. Marcellin.

— Et M. Marcellin est mort, a ajouté Arthur. Et Bluteau rôdait autour de chez moi.

— Je vais me renseigner au sujet de ce

Jocelyn Bluteau.

— Comment? ai-je demandé.

Blaise nous a confié qu'il connaissait plusieurs journalistes qui pourraient l'aider.

— En attendant, je vais...

Blaise n'a pas fini sa phrase: on a entendu une portière claquer. Bluteau venait de garer sa voiture devant la boutique.

— Si jamais j'apprends que c'est lui qui a empoisonné Sherlock, je le transpercerai avec cette lance, ai-je juré à Arthur en montrant une arme pour la chasse.

Blaise s'est avancé vers Bluteau.

— Avez-vous de nouvelles informations concernant la secte XO?

Bluteau a lentement hoché la tête.

— On a reçu une lettre anonyme au poste de police. Regardez!

Les profanateurs périront avant que le crocodile mange la lune rousse. Les dieux seront vengés.

XO vous guette.

— Vous avez dit que la boutique était surveillée! ai-je fait.

— C'est vrai, mais mes hommes ne peuvent empêcher les gens d'entrer. À moins de fermer la boutique. Mais ce n'est pas ce que vous désirez, non?

Blaise a acquiescé.

— J'ai parlé à ma marraine, a prétendu Arthur. J'avais perdu votre numéro de téléphone et j'étais venu le demander à Blaise.

— Ta marraine? a fait Bluteau. Elle a le crocodile?

— Non. Elle s'en est séparée à l'aéroport.

— Quoi?

— J'imagine qu'il prenait trop de place dans ses bagages.

— Elle l'a confié à quelqu'un?

Arthur a fait la moue.

— Je suppose. Elle a promis qu'elle vous montrerait sa sculpture quand elle reviendrait du congrès sur le *snake*.

Jocelyn Bluteau a blêmi et s'est dirigé à grands pas vers la porte comme s'il avait besoin de prendre l'air.

— Le *snake*? s'est étonné Blaise.

— Une drogue très dangereuse, ai-je raconté. Les gens qui en prennent pensent qu'ils se transforment en bêtes sauvages! Est-ce qu'il y en a à Montréal, M. Bluteau?

Le policier m'a rabrouée.

— J'ai bien d'autres choses en tête que cette drogue! J'ai cette enquête sur le vol des sculptures et la secte xoïste.

— C'est ce que j'ai expliqué à ma marraine.

— Tu... tu lui as parlé de moi? a balbutié Bluteau. Pourquoi?

— Ma marraine est avocate. Elle s'appelle Marie-Hélène Lancelot. Elle a hâte de vous rencontrer. Elle ne connaît pas la secte XO, mais elle va faire des recherches. Elle pourra peut-être nous aider quand elle rentrera.

— Il faudrait surtout savoir où elle a déposé son crocodile. Quand nous l'aurons, les Xoïstes vous laisseront en paix.

— Que feront-ils avec? ai-je demandé. Le serpent de M. Marcellin n'a pas été volé. Je suis certaine que les Xoïstes l'ont fouillé et vidé de son contenu. Ils doivent être complices de ceux qui ont caché les microfilms dans les sculptures, en Afrique, avant de les expédier à Montréal.

— Mouélé Kintou n'a pas l'air de croire à la secte XO, a dit Blaise.

— Mouélé Kintou devrait se contenter de diriger la circulation, a grogné Bluteau.

Il avait l'air furieux, mais il a grimacé un sourire en s'adressant à Arthur.

— Quand doit revenir ta marraine?

— Bientôt, mais elle doit me téléphoner ce soir. Je lui demanderai à qui elle a remis son crocodile. Je vous rappellerai aussitôt.

Chapitre VIII
Le crocodile

Jocelyn Bluteau allait parler quand un appel radio l'a arrêté. Il s'est précipité vers sa voiture:

— Un vol, à trois rues d'ici, nous a-t-il expliqué avant de faire hurler sa sirène et de démarrer en trombe.

Il allait si vite qu'il a failli écraser un coursier vêtu de vert fluo qui arrivait. Ce dernier a tendu à Blaise une boîte rouge.

Qui ressemblait énormément à celle que Jocelyn Bluteau avait laissée au bureau de messagerie!

Arthur a reculé en même temps que moi.

— Attends, Blaise! C'est peut-être dangereux! Si la secte XO t'envoyait un serpent venimeux!

Mais Blaise était trop curieux. Il avait

déjà ouvert le paquet.

— Oh! C'est incroyable!

Il avait l'air si surpris qu'on s'est rapprochés pour voir ce que contenait la boîte.

Une tête!

Une tête humaine miniaturisée, séchée, momifiée. J'ai détourné le regard, car j'avais envie de vomir. J'avais vu des têtes réduites dans des films d'aventures et dans un *Tintin*. Mais en «vrai», c'était écoeurant!

— On a peint XO en lettres rouges sur son front, a fait Blaise. Je n'aime pas ces menaces. Cette situation a assez duré.

— C'est Jocelyn Bluteau qui t'a envoyé cette tête, a révélé Arthur.

— Quoi?

— C'est vrai! ai-je clamé. On l'a vu entrer dans un bureau de messagerie avec ce paquet et en ressortir les mains vides. C'est un complice des Xoïstes.

Blaise était interloqué.

— Complice de XO? Je ne comprends rien à ce que vous me racontez! a dit Blaise.

On a tout repris lentement. Blaise nous a écoutés, de plus en plus surpris. Il a fini par admettre qu'on était effectivement doués pour les enquêtes policières.

— On doit maintenant prévenir Mouélé

Kintou de tout ça.

— Mais comment savoir s'il est honnête?

Blaise nous a répondu qu'il connaissait Mouélé Kintou depuis longtemps.

— C'est un ami, un vrai. Il saura ce qu'il faut faire.

Il lui a téléphoné au poste de police, puis il a raccroché et nous a regardés.

— Il est absent. C'est curieux, il m'a affirmé que je pouvais le joindre en tout temps. Personne ne l'a vu de toute la journée. Il doit être malade.

— J'espère qu'il ne souffre pas du même mal que Sherlock! me suis-je exclamée.

— Il faut piéger Bluteau, a décrété Arthur.

— Comment?

— Avec mon crocodile! On lui dira que je suis allé le chercher chez ma tante et que je l'ai apporté à la boutique. Bluteau viendra sûrement le récupérer.

— C'est normal, il enquête sur cette affaire, a fait Blaise. Ce n'est pas une preuve de sa malhonnêteté. Il l'emportera en soutenant qu'il faut vous protéger.

— On prétendra que Mouélé Kintou va le rejoindre, ai-je suggéré. Si Jocelyn Bluteau veut prendre quelque chose dans le crocodile, il le fera ici avant l'arrivée de Mouélé. Il ne voudra pas que ce dernier découvre ce qu'il y a dans le crocodile.

— Mais on n'a qu'à regarder avant si le crocodile contient quelque chose! a proposé Blaise.

Arthur a protesté en même temps que moi.

— Voyons, Blaise, on a examiné le crocodile sur toutes ses coutures! On n'a trouvé ni trou, ni fente, ni pièce rajoutée. Il n'y a aucune ouverture.

— Aucune! ai-je confirmé.

— Mais il y a bien quelque chose à l'intérieur si Bluteau y tient tant, a objecté Blaise. Et je me souviens maintenant que j'avais trouvé cette sculpture étonnamment légère.

— C'est justement ça le mystère... Et c'est Bluteau qui nous le dévoilera.

— Il faut vraiment que Mouélé Kintou soit averti. C'est lui qui doit recevoir les explications de Bluteau. On ne peut pas accuser quelqu'un sans preuve. Je vais tout de même lui proposer de regarder le crocodile dans le bureau. Et je vais utiliser la caméra vidéo du système d'alarme pour le filmer. On verra bien ce qu'il fera du crocodile.

— Bonne idée! ai-je applaudi.

— Allons chercher le crocodile, a dit Arthur.

— Et si Bluteau nous suit? ai-je demandé. Il chargera un Xoïste de nous attaquer pour nous voler le crocodile, dès qu'il comprendra qu'il est en notre possession. Ensuite, il n'aura qu'à clamer que c'était la prophétie.

Blaise a essuyé ses lunettes avant de répondre.

— Je vais l'occuper. Je vais le faire venir ici pour lui parler des menaces que j'ai reçues.

— On apportera le crocodile après le repas, a dit Arthur.

On allait sortir quand Blaise nous a donné à chacun une amulette.

— C'est pour vous protéger contre le mauvais sort! a-t-il précisé en clignant de l'oeil.

J'espérais bien que ce talisman serait efficace!

Arthur a dit qu'il me téléphonerait dès qu'il serait chez lui pour me donner des nouvelles de Sherlock.

***

Même s'il y avait des crêpes au jambon au repas, je n'ai pas tout mangé, car j'étais trop énervée.

— C'est Sherlock qui te tracasse? m'a

demandé maman d'une voix douce.

— Un peu, ai-je murmuré.

— Oublie la vaisselle et va le voir tout de suite chez Arthur.

Je me suis jetée dans les bras de maman. Elle est tellement fine! Je me suis sentie obligée de lui avouer qu'on allait aussi voir Blaise.

— Il a besoin de notre aide à sa boutique, ce soir.

Heureusement, maman ne m'a pas demandé de quel secours il s'agissait!

— Blaise va venir nous reconduire à la fermeture de la boutique, ai-je précisé avant de sortir.

— Embrasse Sherlock pour moi! a dit maman.

Oh oui! J'ai flatté et embrassé mon chien pendant cinq grosses minutes avant de partir avec Arthur et César. Il a fallu ruser pour sortir de la maison avec la sculpture. Arthur a emprunté le sac de tennis de son frère et y a couché le crocodile.

— J'ai réexaminé César, m'a confié Arthur. Et je n'ai vu aucune ouverture!

— Tu crois que notre plan fonctionnera?

— Sûrement! On a l'habitude!

Jocelyn Bluteau était déjà rendu à la

boutique quand nous sommes arrivés avec le crocodile. Il l'a quasiment arraché des mains d'Arthur.

— Ma marraine m'a fait jurer d'en prendre soin, a protesté Arthur.

— Bien sûr, a acquiescé Jocelyn Bluteau, bien sûr. Je vais l'examiner seul, au cas où il y aurait du danger.

Blaise a regardé sa montre.

— Vous pouvez attendre votre collègue. Il ne devrait pas tarder à arriver.

Jocelyn Bluteau a refusé, expliquant que Mouélé Kintou était toujours en retard et qu'il préférait s'assurer maintenant que le crocodile était inoffensif.

Blaise l'a dirigé vers son bureau et Jocelyn Bluteau y est entré.

Dès qu'il a fermé la porte, Blaise nous a montré un petit écran de télévision qu'il avait caché dans un coffre en bois. On voyait très bien Jocelyn Bluteau. Il venait de déposer le crocodile et se frottait les mains. Il semblait très tendu.

— J'ai laissé des messages à Mouélé Kintou sans succès, nous a dit Blaise. Je me demande pourquoi il ne nous répond pas. Que fera-t-on de Bluteau s'il extirpe quelque chose du crocodile?

— Vous vous éloignerez, a fait une voix derrière nous.

On s'est retournés tous ensemble. On a failli crier.

— Chut. C'est moins grave qu'il n'y paraît, a murmuré Mouélé Kintou.

Il était sale et il avait du sang sur sa chemise.

— J'ai reçu un bon coup sur la tête. Et je sais à qui je le dois!

Il a tapoté l'écran.

— C'est Bluteau qui a tout manigancé, a raconté Mouélé Kintou. Oh! Qu'est-ce qu'il fait?

On a vu Bluteau dévisser la langue du crocodile.

— On ne pouvait pas deviner! ai-je gémi.

— Non, a chuchoté Blaise, mais Bluteau, lui, connaît manifestement la cachette.

Bluteau a retiré un sac de la gueule du crocodile, l'a glissé dans ses poches et a revissé la langue.

— Allez en haut tous les trois, a ordonné Mouélé Kintou. C'est dangereux.

— Mais...

— Montez!

On a obéi, mais du haut de l'escalier, on voyait très bien Bluteau sortir du bureau. Il a sursauté en voyant Mouélé Kintou qui pointait son arme vers lui:

— Fini de jouer maintenant.

— Qu'est-ce que tu racontes?

— On t'a filmé, on sait tout.

Bluteau a baissé la tête et a lancé un sachet de poudre, détournant l'attention de Mouélé Kintou durant une fraction de seconde. Pendant laquelle il en a profité pour le désarmer. Il lui a donné un coup de pied, puis il a pointé son arme vers lui.

— Tu veux toujours discuter de ma trouvaille?

— C'est bien du *snake*? a demandé Kintou en se frottant la main.

— Oui. Il y en a pour des milliers de dollars! Je sais que tu as enquêté sur moi. Je pense que nous n'avons plus rien à nous dire.

— Tu es fou! On va t'arrêter!

— Mon plan est parfait et je suis riche. Adieu, Kintou!

Bluteau a levé son arme vers son collègue. Au même moment, Blaise, du haut de la mezzanine, a lancé un javelot vers Bluteau. Sentant venir la lance, celui-ci s'est écarté

en jurant pour l'éviter.

Il était alors très bien placé pour recevoir un masque africain. Je ne sais pas s'il représentait le dieu de la Vengeance, mais j'étais très contente qu'il tombe sur la tête de Bluteau. Mouélé l'a désarmé aussi vite. Nous sommes descendus les retrouver.

— Bravo, a dit Mouélé Kintou.

Blaise a souri et, tout en appelant une ambulance, il a demandé à Mouélé ce qui lui était arrivé.

— Bluteau m'a agressé cet après-midi. Il m'a attaché et laissé dans un entrepôt désaffecté où je devais rencontrer un informateur au sujet des sculptures volées.

— Tu t'occupais donc du trafic? Même si Bluteau enquêtait aussi? Tu m'as caché bien des choses, a fait Blaise.

— Excuse-moi, mais je ne pouvais rien te révéler. J'enquêtais sur Bluteau. Si tu l'avais su, tu te serais comporté autrement avec lui et il se serait méfié... Mais il a été plus rusé que moi et m'a attiré dans un piège.

— Mais pourquoi n'êtes-vous pas venu avec d'autres policiers? ai-je demandé.

Mouélé Kintou nous a expliqué qu'il n'avait pas de preuves contre Bluteau.

C'était une situation très délicate. Seul son supérieur était au courant de tout. Mais celui-ci était à Toronto pour la conférence sur les drogues et n'aurait pu aider Kintou.

— Il fallait que j'agisse vite. Avant que notre moineau s'envole!

— Pour l'Afrique?

— Oui, il y aurait retrouvé son complice qui introduisait de la drogue ici en utilisant des sculptures étrangères.

— J'ai appris que plusieurs marchands ont eu les mêmes problèmes que moi. Ils recevaient leurs sculptures et on les leur volait aussitôt.

— Tu n'as pas trouvé étrange de récupérer les tiennes si rapidement?

— En effet, a convenu Blaise.

— C'est qu'elles étaient très grosses pour la plupart. Bluteau ne pouvait pas les garder longtemps ou les écouler facilement. Il a préféré prétendre les avoir retrouvées.

— Et ainsi, a continué Blaise, je laissais tomber ma plainte.

— Il y avait donc du *snake* dans toutes les sculptures? a demandé Arthur.

— Oui, a répondu Mouélé, mais ton crocodile contenait aussi les adresses des prochaines livraisons. C'est pourquoi Bluteau y tenait à ce point! Pourquoi vous êtes-vous méfiés de lui?

— À cause de l'accroc à son uniforme, ai-je dit. Et de son air prétentieux! Vous ne pouviez vraiment pas intervenir avant que Sherlock soit empoisonné?

Mouélé Kintou a paru embarrassé:

— J'aurais bien aimé. Mais je devais vous surveiller, Arthur et toi, pour éviter que Bluteau ne vous nuise. Et je devais le faire sans que celui-ci s'en aperçoive. Car lui aussi vous guettait. Je ne l'ai perdu de vue que quelques minutes... le temps qu'il s'occupe de ton chien. Ensuite, pour t'aider, je t'ai offert de te ramener chez Arthur, mais tu as refusé.

Il nous a souri, puis il a repris d'un ton grave:

— J'étais inquiet pour vous. Bluteau est dangereux. On croit qu'il a tué M. Marcellin.

Les ambulanciers sont arrivés. Juste avant qu'ils emmènent Bluteau, je lui ai demandé:

— Et les XO?

Bluteau a ricané.

— Les XO n'ont jamais existé. J'ai

inventé ce mot en voyant passer un camion de livraison de cognac XO.

J'ai regardé l'ambulance s'éloigner en regrettant d'être incapable de jeter des sorts. J'aurais changé Jocelyn Bluteau en ver de terre!

Table des matières

Chapitre I
Un cadeau d'Afrique 9

Chapitre II
Le vol 21

Chapitre III
Les indices 31

Chapitre IV
Le XO frappe 41

Chapitre V
La vipère 51

Chapitre VI
Pauvre Sherlock 61

Chapitre VII
Une poupée de chiffon 71

Chapitre VIII
Le crocodile 79

Achevé d'imprimer
sur les presses de Litho Acme Inc.